KB198958

핵에는 책으로

핵에는 책으로

—

초판 1쇄 2025년 1월 6일
지은이 김윤희
펴낸이 김영재
펴낸곳 책만드는집

—

주소 서울 마포구 양화로3길 99, 4층 (04022)
전화 3142-1585 · 6
팩스 336-8908
전자우편 chaekjip@naver.com
출판등록 1994년 1월 13일 제10-927호
ⓒ 김윤희, 2025

—

—

ISBN 978-89-7944-888-7 (04810)
ISBN 978-89-7944-354-7 (세트)

책 만 드 는 집
시인선 255

핵에는
책으로

김윤희 시집

책만드는집

수유리 판타지

한 동네 살던 김종길* 선생님이
내 여섯 번째 시집 받고
"나도 모두 여섯 권인데, 김 시인도 여섯 권
우리는 동지일세"
그 말씀 어기고 일곱 번째
필요한지 모르지만, 터울 조절도 못 하고
생기는 대로 내놓으니 난산
끝 지진아 팔삭둥이는 아닌지

아직도 수유리에 살아요?
놀러 왔다 말뚝 박았어요
수유리 시 생애詩生涯 60갑甲
지엄한 시회혼詩回婚
자주 독립 이탈이 별수 없이 돌아와
쓰러져 잔 곳
골백번 퇴고해서 무가지無價紙 시

쓴 곳
저 '운명'이란 파렴치의 수사라 깨달으니
폭풍 지나고 폭염
땡삐 같은 땡볕도 다디달아 엎드려
절하다
수유리에서 태어났으므로 내친김에
정박하고, 수유리에서 침몰할 준비를
하고 있다
넓고 깊은 수유리 바다가 하늘이다

2024년을 보내며
김윤희

* 시인. 1926~2017.

| 차례 |

5부

6부

7부

8부

1부

핵에는 책으로

오랫동안 무명無明에 가까운 백태 쓴
안질 치우기도 전에
몹쓸 난청 따라온
어느 날
때마침 독서 주간
특급 뉴스 화면에 뜬
'핵에는 핵으로'가
'핵에는 책으로'로 버젓이 둔갑하는
기적이 일어난 것
누가 제대로 정정해 주기 전까지는
달콤한 세상에 잠시 살았다
내 못다 채운 인문학 그 고픔이
빼꼼히 고개 든 불상사
참사였다
세상 어느 명의도 이 행운 병통
고치지 말아 달라

손

한 장 일력日曆이 천금 같은 촌음을
세고 있는 하루가 생의 전부인
서너 평 내 집 마당 풀잎 위에
모여 사는 먼지같이 숨죽인
풀벌레들 이마 위에
무엇에 된통 씌운 나 비몽사몽
오수 털고 일어나
살충제 들이부어
짧디짧은 남의 생 한복판에
야수같이 뛰어들어 청천벽력
독의 소나비 퍼붓는
분탕질에 신들린
살기등등한 나의 손
아무도 말리지 않는 수상한
여름 한낮

인동忍冬

내가 하도 탐내어 한 미인 한 뼘
인동 꺾어 싹 내어 건네준 걸
땅도 없고 따라서 하늘도 못 가진
나 먼저 와 있던 다른 나무
옆에 임시로 앉혀 놓았는데
유난히 추위 타는 그 나무
인동이 정성껏 에워싸고
좀 일찍 닥친 올겨울 찬바람의 방패 되어
주는 품이 제법 능란하다
요즘 오지랖 있는 대로 퍼주느라
우리 집 인동
제철 만나 독야청청 팔과 다리
어느 때보다 바쁘다
괜히 고맙다

진품들

사람들 대부분 추구하는 살아 보니
모두 헛것 헛수작이었다는
최후진술
욕망의 반어
나는 왜 대중 언어
헛짓 헛수작 그 말간 신앙을
얻지 못했나
일찍이 근시 원시 백내장도 이수한
나의 앞에
명장 명품 아까운 진품뿐이었나

사육

애인은 포주
급유 동난 볼펜 기다려
숨겨놓은 스페어 건네며
끝까지 뛰어라
늦둥이 옥동자도
내놓으라

청마 생각

청마* 선생이 시인은 '뒷간에서도 시를
생각하는 자'라 하였거늘
내가 아는 한 원로는 '아내가 시인이면
부뚜막 앞에서도 시 생각할 것, 그건
곤란'
기발한 발상 비친 적 있거니와
'순간 포착' 시에 대해 잘 아는
말씀인데 그리고 시에 대해
모종 질투하는 모양샌데
시가 그리 힘이 센가?

---

* 시인. 본명 유치환(1908~1967). 경남 통영 출생. 대표작 「바위」 「깃발」 「사
랑하였으므로 행복하였네라」 등.

무면허

한 끗 눈 흘김에도 마음껏 다쳐
날도 캄캄 저녁답
보이지 않는 피 보고 들어온
사춘기에게 숟가락 쥐여 주며
낮의 모진 사건 아는 듯 모르는 듯
"아가, 밥 먹고 한잠 자면 다
달아난다"
지금은 없는 어머니 무명 치마저고리의
생짜 돌팔이 무면허 처방
만고진리 자연요법 뒤늦게
깨쳤으나 어디 한 군데
써먹을 일 없네

보시布施

"아무도 주지 말고 혼자 다 먹어,
그래야 약 된대" 친구가 여행길에 구한
소문난 명인이 제조한 명품 가루
항아리 받고 답하는 가운데
"그런데 친구야, 옆에 있는 한 사람이
흘끔흘끔 마음 있어 하는데 어쩌면
좋아?" 했더니
"그래? 그렇다면 할 수 없지, 눈 딱
감고 그에게도 한 스푼 정도는 덜어주라" 해 그리했다
제 명의名義가 행하는 생애 첫
보시였다

안녕!

자주 사용하는 인사말
안녕!
그 중의重意 이중성을 어찌하면
좋은가
너무 잘 알아 행복하다
불행하다
만남과 작별 그중 작별에 더 솔깃해
안녕! 안녕!

혼자

내버려둬
말 시키지 마
혼자 좀 있게
그 말 온전히 제 소유될 날
머지않으리라
기다려!

촛불 취침

촛불은 지상의 별
저 높은 별의 힘 빌려
오늘은 철야
어둠을 불쏘시개 삼아
어느 간절한 손에 들려 타는
함성이 되었다가 해 뜨면
쉰 목소리 누이러 들어가
별처럼 잠이 든다

2부

블랙커피 콤플렉스

한 사십 년 전 선생 집 찾아온 제자
그 집 안주인 커피 타는 부엌에 거든다고
들어와
무심코 커피잔에 프림 타는 것 보고
"선생님은 블랙 드시는데요" 빼앗듯 말리던
그녀 생각나네
혹자는 늙지 못한 시샘 질투 노추라
하지만 그건 맞지만
내게 없는 천진무구 그 무염無染의
도전
백태 끼지 않은 백치
원석

오늘도 무사한지 안전한지
쓸데없이 궁금하네
신경 쓰이네

햇살

오늘 아침 햇살은 눈으로 오지 않고
입술로 온다
다디달다
그 긴 터널 속 들어앉아 석방에
얼마나 크게
시장했단 말인가

착각

저 신이 내린 우수한 극약 처방
착각
착각하지 않고 어찌 오늘까지
살아올 수 있었겠나
오! 위대한 착각
고마운 착각

죽은 나무를 장송葬送함

뿌리째 뽑힌다는 것
저런
지난 태풍 때 산속에서 강제로
즉사한 오래 산 나무들 아직도
계곡에 걸쳐 누운 채
구천을 맴돌고 있다
삼우 지나가고 엊그제
사십구일
지금은 계곡물 시린 가을
이름 모를 산새들 들짐승들 특히
숨어서 바라보아 그때의 모진 일
훤히 알고 있는
별들이 밤마다 다가와 조금씩 조금씩
염습殮襲의 진도 내던 따뜻한 손들
다시 끄집어내어
한 가문이 송두리째 뽑힌
나무의 시체들 열반에
들도록 기도하고 있다

응석

퇴직한 지 오랜 내 친구의 바깥
박 교수 드디어 소원 풀다
지팡이 등에 업혀
산책 갔다 오는 길 근린공원 노숙자들
함께
벤치 위에 시나브로 내려앉는
은행잎 이불 덮고
큰대자로 누워
짧은 가을 햇살 전류처럼
잡아당겨 자는 척 죽은 척
응석 부려 본다
한 오십 년 같이 산
인공관절 그의 아내
그 찾지 못하고 돌아가는
늦가을 저녁

언감생심

수인사도 목마른 계절인데
뛰어와 절까지
포옹까지
그건 어젯밤 꾼 언감생심 한
끗

가정假定

세상에 가정이 없다면 그는
어디서 사나?
무슨 옷 입고 어디서 자나?
가정이란 주택이 없다면
지하에서 원룸 전세에서
자가로
가정은 어떻게 진화하나

요절

그가 주책과 심술 실컷 부리고
천수를 훌쩍 넘겨 사라졌다 해도
남은 사람에겐 요절

알리바이

까마득 모년 모월 모시
지구 마을 작고 작은 한 귀퉁이
좁은 골목길 비추던 불빛 앞으로
불려 나와 나비처럼 폴폴 튀던
눈들의 겨울
잊을 수 없는 그 저녁
지금은 그때 그 눈
아니라고 어찌 모른다
할 수 있니
사람아

비극의 비극

난청 앓는 그녀 종일 배 터지도록
고백을 듣는다
젊을 적 못 보던 희귀 신호
열 손가락 두 주먹 모두 불러내
사랑한다 믿어 달라
가슴 치며 눈 부라려 내 마음 들리느냐
겁박을 곁들여
몸부림 춤을 춰도
그녀는
절대 흔들릴 줄 모른다
저기 저 깜깜한 다른 나라 주민
되어 있어서
그녀가 믿는 건 그녀의 오랜 전통
귀청 때리는 귀 호강
똑 부러진 언어의 행동일 뿐
그녀의 특징은 오로지 철벽
아는 것 하나도 없다
그대는 때를 놓쳤다

극약

앞의 실연을 치유하려 새로운 연애 찾으라
권하네만 그건 각기 다른 사안인걸
모르고 하는 소리
그렇다면 뒤엣것은 무슨 독한
극약이길래

3부

소녀 감성

한 사람이 일생 동안 고수해 온
이른바 소녀 감성
그건 우수한 고수의 방식
저 풍파라 부르는 피할 수 없는
생의 고지에 부는
마파람에 맞서
누가 보아도 가당찮은 깨끗하여
허약한 소녀 감성을
방어기제로 삼은 것은
고단수 타짜만이 할 수 있는
아주 훌륭한 경향
이에는 이
강철에는 강철이 아니라
호랑이 앞에서도
정색은 금물
반쯤 미친 듯 타고난 주특기
눈물 무기 필살 작전을
주목하기 바란다

미니멀리즘

나 미니멀리즘 피해자야
뜬금없이 함부로 지우네
원래 나는 순종형
이렇다 할 불충도 없이
노선도 잘 따랐는데
시절 유행이래
그쪽 마음이래

속죄

지난여름은 너무했습니다
잘못했습니다
하느님!
용서하지 마세요

폭염 특보

목숨 있는 것 죄다
목말라 쓰러지는데
마당 빨랫줄 저만
빙긋이 웃네

백지수표

밤 도와 피 찍어 쓴
유서 같은 절명시에 0원 00원
000원 겁 없이 부르는
유노동 무임금 고지서 울며 반납하고
시 같은 것 모르는 백수 가난한
애인이 내놓는 희망 없는 백지수표
그 앞에서
발가벗고 춤추며 읊어주리라
자폭하리라

변심

따뜻해서 싫다
서늘해서 싫다
그저 재미없다 버겁다
비상砒霜 구하러 가는 길에
만난 80 넘은 백발이 차양도 없이
리어카에 끌려가는 인생 보고
먹은 마음 돌리는
엄살 과한 응석받이 마마보이
도련님 한량들 흔했으면
좋겠다

독작獨酌

아무리 가까워도
하지 말아야 할
하지 못할 말 있다
제가 제게만 할 말 진한
욕설
그래서 독작이 필요하다

구색

어릴 적 친구를 오랜만에 만나
안부를 나누는 가운데
자녀는 몇?
둘이라네
구색은 어찌 되누?
암수 말인가?

하늘

흔히 믿는 하늘이란
절대 권력
성군도 폭군도 하늘의
승은 없이는
비운
말짱 헛 폼
얼마나 억울한가
한 사흘 지상 지옥 폭풍 재우고
손 털고
안면 바꾼
저 투명 미궁

아이쇼핑

내 오랜 아이쇼핑 버릇을
천출 근성이라
계급 타파 부추기던 그는 가고
오늘 폐업 앞둔 동네 잡화점
유리 속에서 오랫동안 먼지 쓰고
잠자다 어찌어찌 눈먼 굼벵이로
변신하여 지나가는 내 약시弱視에
찍힌 희귀 수석일지 모르는
그저 중인中人이라 본 작은 돌멩이 하나
덥석 구원도 못 하는 미안하고
미안해진 우두망찰
내 눈요기 똥고집을 참
병통이다 팔자다
진단해 줄 없는 그가
훨씬 그립다

체질

나는 아무래도 연인 체질인가 봐
조강지처는 무겁고 무서워
분주한 연애질만 하던 그녀
저 난세라고 하는 광풍이 천지를
다스리던 유난히 뜨겁던 그해 여름
뜻 아니 그의 애인 옥 신세 되니
누구보다 잘 어울리던 패션 모자도
미처 못 챙기고 양산도 빠트리고
손톱칠 같은 건 저 어릴 적 장난
다 접고
하루도 빠짐없이 면회 다니더란 얘기
아닙니까?
이 비싼 조강지처 흉내

유예

오랫동안 곰곰 살펴온 주치의가
내린 처방은
유예
유예 100일 치를 검정 비닐 그 속에
모셔 안고 걸어 걸어 찻길로 나오는데
그해 최고열 특별 세례
지상은 담금질
알았다
내 자본의 짧은 여분
그러나 감질나는 반의반의 반 모금은 사절
이 길로 지옥이든 연옥이든
가불해 달라
퍼진 아스팔트에 대고 빌고
빌었으나 그 날따라
태업에 들었는지 그 바쁜 바퀴들
서로 통했는지
엄살이라 꾀병이라 높은 이름 붙여

좀 더 기다려라
한통속이더라

저녁

아무리 저녁이 제가 저녁인 줄
모르고 저물어 간다고는 하지만
그것이 닥쳐올 위험인 줄 모르고
등신처럼 가만 앉아 있을 수 없어
봄날도 저녁에 약속 잡은 일은
큰 잘못이었을까?
'봄날 저녁은 천금' 가르쳐 준
너는 오지 않네
내가 저녁이라서 봄날 아니라서
하, 그래서 봄날은 간다 하였구나

번외

목숨 기울여 절약하고 또 했으나
끝까지 남은 피멍 그 뇌수
철야로 찍어 만든 한 책을 받아
상위에 올려놓고
일단 묵념한 뒤
가장 짧으나 가장 살찐 말로
경배한다
그날은 번외番外의 세례였다

이벤트

100만 송이 장미 말고
지 헤 뀔 녘 요교죄판에서 어렴사리
구한
한 100년 묵은 구리 반지
던지듯 건네더라
다 깜냥껏 놀 수밖에

일반인

쓴 책 1번으로 바치던 그는
갔다
'잘 읽었어요'가 최고 찬사이던
눈먼 편애 날카로운 우수 독자
그는 일반인이 되었다
장삼이사 따라갔다
말 못 할 사정 있어 하안거
마치고 동안거에 든
사이

비방秘方

이 방법 저 방식
지주 인청까지 모셔와
조아려 부탁해도
말짱 헛것
제 안 굳센 결박 제 손으로
풀며 푸는
무애無涯의 비법부터 배워야

별종

한 사람이 만인
만인이 단 한 사람
희귀종 다중인격
그런 별종 오랜만에
있다
인간인데 인간 아닌
인간 탈을 쓴 초인
귀신
인류가 손뼉 치는
현대의 고전

유출

애인과의 일을 가십처럼
스캔들처럼 유출하는
말종 있다
제가 조연이었음을
폭로하는 것이다
서푼 배알도 없이

4부

님

단골 병원 북적대는 대기실
지연된 차례 기다리다가
깜빡 조는데
외계에서처럼 찌르르
뇌파가 요동친다
님의 간섭이다
'치료 잘 받으세요'

의심

지필묵 필요 없고
손바닥 안에 드는, 두드리면 만사형통
우주 통신 신기술 어렵사리 배워
쓸데없이 아무 데나 장기 자랑하는데
처음 써먹는 문자 놀음은 어찌나
영특하고 다정하고 재바르든지 움찔
당황하던 어느 날
피톨 박힌 육필 친필 아니라고
나의 단심 의심하는
그대를 어찌 처리하면 좋을꼬?

망발

이렇다 할 전과도 없이
소문날 비운도 없어
할 말은 없지만
보라 안개도 아닌
실크 연막도 아닌
숨길 내장 없어 허전한
시스루룩
단단히 걸치고
선고 유예 뚜렷한 병명
말기 현상 잘 누리고 있는데 단지
언어 유통을 삼갔을 뿐인데
허무주의라 하네
이 망발!

분배

자고 있는 한 사람의 웃자란 열 발톱 중
다만 하나 까만 발톱
그게 다 내 탓인 양
폭도 넓은 오지랖
쓸데없는 운명 간섭
아니기를
분배의 일환이기를

세컨드 하우스

요즘, 세컨드란 말 살인적 염천에도
열불 비수 부른다
최근 도회에 본가 두고 끓인 죽 식기 전
아니라 불가근불가원에
안성맞춤 현대식 오두막 앉혀
실어와 장작 패고 눈물 흘릴 연기 내어
군불 흉내, 호롱불도 곁들여
낮에는 저절로 들어온 생야채
매만지고
밤에는 머리 위 북두칠성 곰자리 전갈자리 사자자리
무슨 무슨 자리 자의적 타로점
전塵도 벌여
당당히 두 집 살림하는 친구
있다
세컨드라는 기름진 말 없던 내 어릴 적
두 집 오가며 성인극 놀이하던
내 동무 그 부친 보았지

무소불위 무한권력 그 막대기에
치여 남 다하는 사춘기도
그에겐 사치
순은 백치에게 생의 남루 미리
가르쳐주어
홑치마 저고리 여미지도 못하고
눈 퍼붓는 겨울 새벽
어디론가 숨어버린
눈물을 콧물이라 우기던
애어른 그 행방 모르기에
나 늙어서도 적응 못 한다
세컨드 하우스 그 뜻
몰라서가 아니라

난전

개시도 못 했는데
좌판을 걷으라니
오늘 장사는 망조다
조졌다
아침부터 눈비가 퍼붓네

독종

코로나19 그 연옥 속에서도
첵 씨시 보내주는
번외의 독종
1인
낳을 줄은 모르고 배태胚胎만 오래하는
언어 중독자 나의 성향을
북돋는 거냐
훼방질하는 건가
어쨌든 곰곰 섭취하겠다

썸

죽고 못 사는 우리 사이에
그까짓 작전이 무슨 소용일까만
그래서 더욱 짭짤한 썸
용광로에서 찬물로
들락날락 담글질 제련은
있어야 옳을 법

딱지

벌써 딱지가 앉네
울며불며 피 흘린 일
엊그제인데
나도 나를 못 믿겠네

무성無性

다들 말은 안 했지만
속으로는 괴질만 같던 우리
새파랗던 한때를 들었다 놓았다
하던 그것 일컬어
젠더
이제는 어느 억센 손이 놓아주어
달리 할 일도 없어
가볍고 싱거운 저
무성인데
불행인데
사람들은 그걸 모성母性이라
부르네
친구야
그래서 보기 좋은 비만인가 보네
자네는

시간의 노동

글쓰기가 '시간의 노동'이라 하던
유명 작가를 카페에서 만나는데
팔짱 끼고 말도 없이
앉자마자 졸고 있다
때마침 구석에서 알만한
선율이 굴러나오고
핑계 대고 이참에 원수 같은 괴물을
꼭꼭 박살 내는 듯
가만 내버려두었다

자서전

가슴 치며 제 손목을 자르는
자해 행위 자책골
그것만 가지고는 턱도 없는
천형에 가까운
흑역사의 거친 추억
쓰고 쓴 만인의 회자膾炙
그 무한 계승 스스로 각인하려
내깔긴 철면피
자서전

편식

그 옛날 무심히 내가 놓은
티짜 방시
오늘 와 내 허기 재료 될 줄
왜 몰랐지?
그래서 사람들이
인과응보 사필귀정
진리라 하는구나

첫눈

누가 첫사랑을
개무시 능멸하나
"눈 깨끗이 치웠어"
흙 털듯 씻고 들어오는
두 손
아무리 그래도 그렇지
첫눈인데 첫사랑인데
인정머리 없이
태어나자마자
능지처참 극형에 처하다니
눈 그가 무슨 죄가 있다고
아무것도
모르고 첫발 디딘
첫눈의 비운

안부

이리저리 다 끊기고
생사조차 잊히고
질긴 숨만 갖고 있다
부치러 가는 시인의
안부 방식
시집 상재

5부

자홀

남이 보기는 좀 미안하고
민망해도
제가 저를 구원하는 데는 대체로
직방 즉효
남 눈치 보지 않는
나르시시스트의 상기된
두 뺨

체인

새해 새 수첩 마련하여
이름 몇은 내리고 몇은
건지고 하는 일은 괴롭고
억울해
백내장 제가 알아서 추리도록
맡기고
휴대폰 개비하여 이참에
죽이고 살린 끝에 운 없이
일방적 내 그물에 사로잡혀
파닥거리는 은원恩怨의
명색들
잊지 않기 위해 굳어가는 심장에
새기는 새 기술은
벌서듯 어렵네
나 누구의 명부名簿에 이미
돌 된 줄 모르고 감행하는
이 비극 체인

벌충

저 1950년, 1960년대 이 땅을 휩쓴
인구 대책 가족계획 구호
'둘도 많다. 하나만'
10대 말에 청천벽력 공부 접고
단발에 달비 가채 붙여 신방 든
꿈 많고 샘 많던
내가 아는 한 여인이 읊던 말
'우짜면 좋노? 나는 짐승이다 사람 아니다
하나 도로 집어넣을 수도 없고'
뜬금없이 떠오른다
요즘은 꾸어서라도 그때 잃은
숫자 벌충하려
가만있는 우주까지 꼬시는데

경외

온통 간절한 사람뿐이다
할인에 또 할인 두 플러스 폭탄 세일
동날까 밤새워 예약해 놓고
아침부터 종일
초인종만 노려보는 사람
경외하라
나도 물론 그 인류이다

신념

그까짓 신념 같은 것 안 가진다
어느 무당파의 굳센
신념

병

장수하는 세상
병들과 잘 사귀었다는
샘플들

위증

제 속에 큰 사전이 없으면
인생 만사 허구일 뿐
사랑도 이별도 말짱 위증

등불

밤도 지쳐 옆으로 눕는데
귀가할 줄 모르는
한 청맹과니 유목
기다려
철야 근무하는 앞집 등불

6부

안녕히 주무세요

나 그즈음 누구 깊이 모시게 되었는데
모종 전향 꾀하게 되었는데
그의 고급 취향 저격을 위해
국어 대사전 그 딱딱한 안개
계곡을
철야로 뒤져 그 속 가장 위급의
한 마디를 고스란히 베껴 건네며
넘어와 같이 빠져 튼실한 풍문 하나
되자고 멀쩡한 이교도는 어떠냐고
그 시절 가장 비싼 비단 덫 화려한
겁박조차 곁들여
은근짜 놓았던 바
아무튼
그리 노회하지 못한
비범한 내 방식을 발각한 그
보고 버릴 곁눈질도 아까워 꽁꽁
싸맨 그 약손이 처방한 최후통첩은

이러했다

"안녕히 주무세요"

해당

싸잡아 침묵을 무노동이라 하지
말 일
무소속도 물론 아님
기다려 주지 못하고 말들 많다
옥 같은 시절의 낭비 연회색 항복이라고도
하지 말 일
침묵은 저 대하 장강 대서사
한 가지 도모가 오래갈 뿐
저 열사熱砂를 베고 누운 모종 불면의
음모에 새로운 새벽이 닿지 않은 것
천둥 번개에 해당하는

복면

그해 환란 중 의외로 검정 마스크 덕을
톡톡히 보았지
멀쩡한 편백 치장 옹이째 걷어내고
시멘트 쇠 철심 보란 듯이 드러낸
우리 동네 카페 '플라워' 창가
어둑한 조명 아래
한 10년 동안 저 펜팔이라 하는
복면 통신 그 장본을 드디어
안면 까고
만나는 첫 데이트 날
어디로 보나
푼수데기 내가 잘 단속한 것은
호흡 조심 말조심 백발 조심
그 아니고 함부로 날뛰는 망나니 그
심장 꾹꾹 누르고 밟고
서푼어치 본색을 재간껏
분리 처리한 일
검정 마스크 그 믿고

시스루룩

친구야
보기 드문 상처를 잘 마름질하여
오늘 성장을 하고 나섰구나
옳지, 훤히 비치는구나

불법

금욕하듯 오랫동안 시 쓰는 법
잊이먹이
시가 나를 잊었나 나는
그게 아닌데
당최 살맛 나지 않던 그해
명징明徵한 아침
작고한 한 법조인이
그 명징 찢고 나타나
"그렇다면, 딸아 불법을
택해라"

사절

숙면에 든 게의 집 지붕을 야반에
도둑처럼 뜯어내 하필 그 안방
밀밀密密한 내막을
폭로해야 하는 임무를 나는
사절하리
참으로, 그건 인두겁을 쓰고는
못할 짓이네
암, 저 휘광이나 망나니가 할 짓이네

저작咀嚼과 회자膾炙

시인의 가장 큰 욕심은 시가
악성 루머처럼 시정의 가십처럼 고질처럼
전파되는 사태이다

상

모처럼 시가 잘 풀리는 날 있다
수상한 날이다
솎고 솎아 깜찍한 전무후무 한 줄로
자화자찬 짭짤한 눈물 자국
완결판 백서
스스로 흥분하여 이런 망상해 본 일 있다
'한 줄 시에도 대접하는 상이란 게 있어야
옳다'
그 상 내가 주고 싶다

식물

예전에는 나의 성향을
식물성이라 분류하여
그래도 쓸 만한 찬사로 들었는데
요즘은 고장 난 기계 취급
반편 멍청이 저
식물인간과 아주 친하다
그러네

텔레파시

그건 아무래도 불법적 달인의 짓
혼자 앓는 절체절명
SOS를 천리만리 우주에서 찌르르
감전 받아
바람과 구름의 망토 속에 구급약
품고 달려와 깜쪽같이 꿰매주는
불가촉 치명 전류
불티

고개

80고개는 딛지도 않고 날아 넘어
취급도 않아
90준령이라야
그렇게
속끓이던 애인의 곁눈질도 이제는
겨운 호사
축하할 경사
용하다 장하다 새 입성 챙겨
떠밀어 내보낼 일
도로 미성년 됐으니까

우려

심히 우려된다
아니 죽으면 어찌하나
그럴 일은 절대 있을 수 없지만
아무리 허하고 고파도 흘리고
지나가는 뼈 없는 바람
수인사 한 마디에 침 흘리며 홀딱 반해
홀려 취해
가던 길 멈추면 어찌하나
엊저녁 때리고 사라진 천둥 번개
그 불침 말기의 키스에게
간도 창자도 다 내주고
등신처럼 믿고 얼씨구 지화자 좀 더
살아 볼까 유예하면 어쩌나
엉큼한 새벽 비단 보따리 꾸리면
정말 큰일

7부

설거지

그리 예뻐하지 않는 줄 알면서
한 사람을 마누라가 초대해
축가를 맡겼다
사람들이 그들 이제 큰일 났다
파투 냈다 했지만
그 집 마누라 설거지 기술은
9단 넘어 100단
그렇지 아니한가

밤

밤은 화력이 세다
낮만 가지고서는 성에 안 차
교대 근무 당번 자처하여
숙직하는 저
도요 가마 그 속
1천 도의 화염 된
밤

선종

일필휘지도 없이
아름다운 비극도 물론 없이
막 내리는 삼 막 오 장
대단원을 무채색 자막으로
치장하는
눈 퍼붓는 겨울 저녁
한 잠적

꿈

당신의 꿈속에 나를
넣어 주시어 고마워요
절치부심 목표가 나란
말이잖아요

금언金言

한 사오 년 묵히고 참다 드디어 출산한
선배에게 후배가 찾아와 꽃다발 속에 숨긴
금언은 다음과 같았다
'축하해요, 형님 그런데 아무리 궁해도
앞으로 원고지 위로 아이는 데리고
올라오지 말기'
반풍수 어리뱅이 그 말 준수하느라 반평생
넘었는데 그 말 뱉은 그 후배 알츠하이머에
그만 져서 언제 적 전설인고 나 몰라라도
못하고
책임 회피하더라

비고備考

어디로든 떠난다
초대받지 않은 테두리 밖으로
힘센 바람에 붙들려
피동적 역할도 고마웠다
그러나 감질났다
언감생심 몽니 놓을 처지는
아니지만
처음으로 단독 결정
보행기 보청기 보정
안경에도 충분한
타인 의식
암흑도 갈증도 포식했다
떠난다 저
바래어가는 원경이면
불행 중 다행

친구

친구를 잃었어요
작년 그그께 그그러께 유명한 역병이
멍청한 내 이마까지 와 비등점 최고인
가운데 험한 위리안치 중
혼자서는 힘에 부쳐 둘도 없는 친구에게
해서는 안 되는
도수 높은 망발 헛소리 무리수
띄운 탓, 그 무서운 '애인' 어쩌고
그 위에 헐한 윙크까지
그 바람에 원수가 되었어요
그 짓 안 했으면 오늘까지 아름다운
친구일 것을

무식

이스라엘 팔레스타인 러시아 우크라이나
등등 저 살육 면역 전술
와중
백면 무염無染 어린아이들에겐
왜 참형 연좌제?
저 무식

주객

그의 본업은 따로 있고 매양 투덜투덜
치르는 설거지가 부업인 척하지만
그 실 투덜거림이 그의 본업

김고독

까마득 젊은 시절 내가 참석 못 한
한 모임에서 식사 후 레드 한 컵씩
컨 다음 좌중 하나가 제안하기를
디저트로 별호 짓기 하자고
했다는데
다녀온 다른 하나가 특종 잡은 표정으로
나에게 전달하는 내용인즉
그날 만장일치 찬성으로 낙점된
참석 못 한 내 별호는 '김고독'이었으며
거기서 발생한 후유증까지
챙겨 주었는데 다음과 같았다
'구색 다 갖추었는데 무슨 고독?'
좌중 한 원로가 정색으로
반기를 들더란 얘기
'야, 김고독! 너 지금 어디서 무얼 하니?'

100점

100점 좇던 못된 버릇 저물어도 못 고쳐
100점 목전에 혼절했다
100점이란 없는데 그건 공갈인데
끝장인데
무슨 영화 보려고 회색은 못 견뎌
세모는 고파했나
그러던 어느 날 뜬금없이 갑자기
'아나, 받아라!'
100점짜리 청천벽력 잘 익은
독배 두 손 모아 바치는
아름다운 이별 문장 직구로 받고
비문非文이다 빵점이다
찢을 수 없었다네
울 수도 없었다네

조그만 사람

갓 스물 그 시절 우리 모두의 의제는
시쳇말로 '끝내주는 사랑 하나'였는데
친한 친구 하나가 마침 그
병에 걸려
그것도 해서는 안 되는
금지된 노선
불가촉 그 무엇 그 정도가 조금 심해
마음 병원 신세까지 되었는데
그 당시 존경하는 스승님 내게 한 말
'너는 절대 사랑 때문에 병원 갈 일은
없을 거야'
나 얼마나 자존심 상했는지
앞날 캄캄했는지
그래서 나 일생 조그맣게
조그맣게 살고 있는지 몰라

깊은 관계

나와 깊은 관계를 가진 지 하마
여러 해
마당 조그만 화분 속 한 뿌리
내년 봄 다시 볼 수 있을지
모르지만
찬 서리 내린 오늘 아침
우리는 일단 헤어졌다
객토 올리고 조금씩 아껴가며
삼동三冬 버틸 식량 과하다
싶게 뿌리참에 묻어
나의 짠한 마음도 찢어 넣어
안녕! 다시 봄세
우리는 새로운 관계에 진입한다
한동안 서로 볼 수 없고 만질 수도
더욱 없는
괴로운 관계에 들어갔다
나만 알아보고 흘리던 특수한

향기 암내 감싸 데리고
뒤돌아보지 않고 그는 동안거에
들었다
이른 아침 계단 타고 내려가면
바가지만 보고도 하체에 푸른
액체 탱탱 고여 부르르 몸살
앓던 그 볼 수 없다
우리는 이 가을 결별이라는
특수 관계에 들어갔다
죽음과 같은

비싼 공짜

스님과 신부님이 부부의 일에 끼어들었다
오뉴월 시장통 네거리 낡은
그늘막 손수레에 모셔진
목쉴 줄 모르는 최고의 말씀
'원수를 사랑하라!'
공짜 버스킹
가장 괴로운 지상명령
청중도 꽤 많다
난세는 난세다

모친 외전外傳

까마득 50여 년 전
오랜만에 친정 들른 나에게 1900년생
모친이 한 말
'요새도 글씨 쓰나?'
글씨는 곧 글 글은 시
이 등식 진리를 어디서
누구에게서 배웠을까?
어릉어릉 사랑채 외조부가
먹 가는 것 구경하다 주워들은
풍월인가
매양 하던 잔소리인가
아무튼 나는 충격 먹었다
내 오랜 공부가 난처했다
이제는 서 홉 분말로 요약되어 지상에
없고
나는 60년째 그 밭 그 자리
내 주어는 어디 있나 더듬고 있다

8부

미니 솔soul 1

시의 양식糧食 아니었으면
무엇으로 일생 연명했으리

미니 솔soul 2

만금 같은 가을볕을 어디 쓰면 좋을까나
처마 밑 소쿠리에 나앉은
데친 푸성귀들
나도 삼동 건널 누구의
다 못 채운 배를 위해 어떻게
자진해 반 주검 흉내라도
내볼까

미니 솔soul 3

시인이 제 속 가장 위급한 정곡을 저리
밀쳐두고
변죽을 긁는
헛삽질에 부지런한
그것도 시가 보면
남이다

미니 솔soul 4

내 시를 가장 잘 읽어주는 자가
진정 애인이다
아직 애인 못 구했다

미니 솔soul 5

시인답게 시적으로 설레기 위해
궁구하다가 찾아낸 것이
고작 묵음

미니 솔soul 6

가을이 믿음직하다
나의 '시인'이 수유리에서
태어났더니
이 가을 수유리가 '시인'을
장송할 준비하네
가을에 떠났으면!
수유리 믿고
안녕, 수유리!

미니 솔soul 7

시를 쓰려고 잠을 물리는 것이
아니고
시를 쓰라고 잠 그가 외출한 것

미니 솔soul 8

대저, 시가 언어의 가차 없는
실험이었다면 시인 그의
인생도 그에 값하는
피 흘리는 연단鍊鍛이
동무했을 법

미니 솔soul 9

가을이라고 심약한 그 사람
맹세 더욱 헐거워지네

미니 솔soul 10

"잊어버려 달라"는
구급 신호
그건 그 자체 아니고
그 윗질의 극한 비명
최고급 구애 방식
나를 잊어버려 달라
그대

미니 솔soul 11

이른 아침 떠 준 눈꺼풀이
너무도 고마워 데리고 마당으로 가
폐문 전 나팔꽃 보랏빛을
내 것인 양 선물했다

미니 솔soul 12

애인아
나 이제 네게 줄 아무것도 없으니
네가 바라는 건 그까짓 살피듬 비계가
아니라 너는 우기지만
나는 눈치가 구단이라 저 꽃잎 지는
가을 저녁 그 핑계 대고
이쯤에서 좋이 물러나려 한다네